Analyse de l'œuvre

Par Elise Vander Goten

... mais la vie continue

Bernard Pivot

lePetitLittéraire.fr

Analyse de l'œuvre

Par Elise Vander Goten

… mais la vie continue

Bernard Pivot

lePetitLittéraire.fr

Rendez-vous sur lepetitlitteraire.fr et découvrez :

Plus de 1200 analyses
Claires et synthétiques
Téléchargeables en 30 secondes
À imprimer chez soi

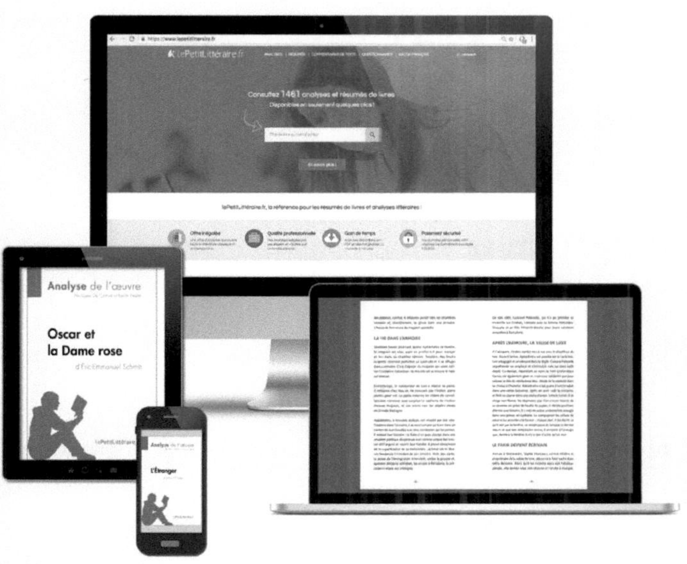

I ... *MAIS LA VIE CONTINUE*

UN TÉMOIGNAGE SUR LA VIEILLESSE

- **Genre :** roman
- **Édition de référence** : ... *mais la vie continue*, Paris, Albin Michel, 2021, 182 p. [ebook]
- **1re édition :** 2021
- **Thématiques :** vieillesse, mort, amitié, santé, maladie, coronavirus, autofiction.

Paru aux éditions Albin Michel en 2021, ... *mais la vie continue* raconte les tribulations d'un vieil homme de 82 ans du nom de Guillaume Jurus. Ancien éditeur, il vieillit aux côtés de sa compagne Manon et de ses amis, les Jeunes Octogénaires Parisiens, en s'efforçant de profiter du temps qu'il lui reste pour croquer la vie à pleines dents, en dépit des vicissitudes de l'existence...

À travers ce héros qui lui ressemble comme deux gouttes d'eau, Bernard Pivot aborde ainsi le sujet de la vieillesse, dont il entend donner une image plus dynamique et heureuse. Il espère de cette manière aider les plus âgés à aborder cette période avec davantage de sérénité, et faire comprendre aux plus jeunes que la vie ne s'arrête pas une fois passé l'âge de la retraite.

Outre les affres de la maladie, ... *mais la vie continue* met donc l'accent sur les plaisirs épicuriens qui résistent à l'épreuve des années. Envisagé comme une recette du bonheur à destination du quatrième âge, l'ancien journaliste montre en effet avec ce roman que la vieillesse n'est pas dépourvue d'avantages, dès lors qu'elle offre le temps et le calme nécessaires pour se consacrer à ses loisirs et à ses proches.

BERNARD PIVOT

ÉCRIVAIN FRANÇAIS

- **Né en 1935 à Lyon**
- **Quelques-unes de ses œuvres :**
  - *L'amour en vogue* (1959), roman
  - *Les mots de ma vie* (2011), autobiographie
  - *La mémoire n'en fait qu'à sa tête* (2017), autobiographie

Bernard Pivot nait le 5 mai 1935 dans une famille d'épiciers lyonnais. Diplômé en droit de l'Université de Lyon, il poursuit ses études à Paris, au Centre de Formation des Journalistes, avant de commencer à travailler au *Figaro*. Il crée ensuite le magazine *Lire* aux côtés de Jean-Louis Servan-Screiber, tout en exerçant en parallèle une activité de chroniqueur pour *Le Point* et *Le journal du dimanche*. Outre son travail pour la presse écrite, il anime également à partir de 1973 *Ouvrez les guillemets*, une émission de télévision consacrée à la littérature, mais celle-ci est annulée au bout de deux ans lorsque la chaine éclate. Il lance alors *Apostrophes*, une nouvelle émission dans laquelle il reçoit chaque dimanche un auteur venu présenter son livre et commenter l'actualité littéraire. De sa création en 1975 à son arrêt en 1990, celle-ci remporte un grand succès auprès du public et exerce une grande influence sur les ventes de livres. Par la suite, il présente de 1991 à 2001 une émission intitulée *Bouillon de culture*, traitant, outre la littérature, de cinéma et de théâtre, puis, de 2002 à 2005, l'émission *Double Je*, dans laquelle il interviewe des étrangers témoignant de leur intérêt pour la culture et la langue française. En 2004, il devient par ailleurs membre de l'académie Goncourt, qu'il quitte en 2019 afin de retrouver « plein usage de son temps ». Enfin, outre son activité de journaliste et de juré littéraire, il est l'auteur de plusieurs essais, romans et ouvrages autobiographiques.

RÉSUMÉ

LA VIEILLESSE

À 82 ans, Guillaume Jurus, ancien éditeur, est à la retraite depuis quelques années déjà. En tant qu'octogénaire, il découvre à présent les joies et les peines du grand âge, à commencer par les ennuis de santé que celui-ci entraine. S'il s'estime chanceux d'avoir échappé aux CI2A (Cancer, Infarctus, AVC et Alzheimer), il souffre effectivement de maux d'estomac et de démangeaisons. Ses mouvements sont en outre plus incertains et plus lents, le risque de chute représentant dorénavant une menace de chaque instant. La lenteur de l'esprit allant de pair avec celle du corps, sa mémoire lui joue également des tours, puisqu'il a perdu sa répartie et bute de plus en plus sur ses mots. Néanmoins, pour nombre de ses interlocuteurs, ses temps de réflexions apparaissent comme une preuve de sagesse...

La vieillesse n'est donc pas dépourvue d'avantages. Elle inspire un grand respect aux jeunes, qui l'écoutent désormais avec plus d'attention que jamais auparavant et lui cèdent régulièrement leur place dans le bus. Depuis qu'il est retraité, Guillaume dispose par ailleurs de tout son temps. Libre de s'adonner aux plaisirs de la vie, il peut maintenant prendre son petit-déjeuner le matin, lire et écrire sans se presser. Car s'il est moins à l'aise à l'oral, l'âge n'a pas porté atteinte à sa plume, si bien qu'il occupe une grande partie de ses journées à la rédaction de ses mémoires et d'un témoignage sur la vieillesse.

Parce qu'il écrit plus aisément sur son présent que sur son passé, il renoncera cependant à achever ce premier ouvrage, pour se concentrer sur le deuxième.

Ce travail d'introspection est pour lui l'occasion de faire le bilan, en réfléchissant sur celui qu'il est et sur celui qu'il a été. Il en vient ainsi à faire un examen de conscience, en revenant sur ses erreurs passées et sur ses défauts, qu'il s'efforce à présent de corriger. Aussi et surtout, il remet en question certains de ses comportements apparus avec l'âge. Avec temps, la lassitude et l'austérité ont en effet pris le pas sur la curiosité et l'émerveillement, de sorte qu'il a parfois tendance à se désintéresser des petits plaisirs qu'offre la vie au quotidien. Pour éviter de devenir un vieux grincheux aigri, il prend donc quelques résolutions, et s'engage notamment à ne jamais se plaindre, à rester autant que possible de bonne humeur, à ne pas s'isoler et à continuer, envers et contre tout, de rêver.

LES JOP : LES JEUNES OCTOGÉNAIRES PARISIENS

Si la femme de Guillaume est décédée quelques années auparavant, il a néanmoins la chance de vieillir entouré de ses plus proches amis, Octo, Nona, Coco Bel-Œil, les Blazic et les Guermillon, qui se sont donné le nom de « Jeunes Octogénaires Parisiens » ou JOP.

S'efforçant de maintenir une vie sociale active, l'ancien éditeur organise chaque année un voyage pour les réunir, et leur donne régulièrement rendez-vous au restaurant. La période du confinement instauré en 2020 est par conséquent difficile à vivre pour le groupe, qui se sait particulièrement vulnérable face au coronavirus. Isolés les uns des autres, ils s'efforcent toutefois de maintenir le contact grâce à la technologie, en s'appelant sur WhatsApp, et survivent en définitive tous à la pandémie.

La disparition soudaine de Coco Bel-Œil leur apparait de ce fait d'autant plus inconcevable qu'il ne succombe pas à la Covid-19, mais à un infarctus en pleine rue, au bras de sa fiancée Raphaëlle.

À la suite de cet évènement, Guillaume traverse une période difficile, la perte de son ami ravivant sa peur de la mort. Alors qu'il ne peut s'empêcher de songer à sa fin prochaine, il trouve par bonheur un soutien secourable auprès de Manon, la femme qui partage sa vie, et Octo, son meilleur ami. En quelques mois, il parvient ainsi à surmonter ses angoisses et à jouir à nouveau de l'instant présent.

UN MONDE EN PLEINE MUTATION

En bon maitre de cérémonie, Guillaume Jurus propose lors de chacun des diners auxquels il convie les JOP un sujet de discussion, invitant tour à tour chacun de ses convives à partager une opinion ou un souvenir en lien avec la thématique du jour. Ces réunions sont l'occasion d'échanger sur le monde d'aujourd'hui, dont ils ont assisté à l'étonnante et désarçonnante métamorphose de leurs propres yeux. Entre deux plats, Marie Thérèse Guermillon se plaint ainsi des tatouages, de plus en plus répandus de nos jours, tandis que Guillaume Jurus déplore que les jeunes portent des jeans troués pour jouer les pauvres.

Les JOP ne se contentent toutefois pas d'évoquer leurs incompréhensions et leurs insatisfactions vis-à-vis de la France actuelle, et reconnaissent que la société a, sur certains points, évolué positivement. La mode n'est par exemple plus régie par la pensée unique. Désormais, chacun est libre d'arborer un style différent, en adéquation avec ses gouts et sa personnalité. Le choix de vêtements est infini, et le regard des autres moins prégnant. Ils admettent par ailleurs que les nouvelles technologies ont grandement facilité leur existence, les Blazic recourant fréquemment au commerce en ligne et Guillaume Jurus utilisant WhatsApp pour prendre des nouvelles de son fils et de ses petites-filles, établis en Nouvelle-Zélande. Bien qu'il regrette que les librairies aient souffert de l'arrivée d'Amazon, il reconnait donc les vertus pratiques d'Internet et décide d'ailleurs, au terme de la rédaction de son témoignage sur la vieillesse, de s'inscrire sur les réseaux sociaux.

À la question « était-ce mieux avant ? », l'homme de lettres donne par conséquent une réponse nuancée : le monde d'aujourd'hui est assurément plus confortable qu'il ne l'était dans son enfance, cependant il déplore les anglicismes, le manque de politesse, le jeunisme et la montée du politiquement correct. Il éprouve, enfin, une certaine nostalgie vis-à-vis de ses jeunes années.

ÉTUDE DES PERSONNAGES

GUILLAUME JURUS

Guillaume Jurus est un octogénaire parisien s'efforçant de vieillir sans se départir de son sourire et de son sens de l'humour. Veuf depuis quelques années, il vit seul avec son chat, mais est amoureux d'une vétérinaire nommée Manon, plus jeune que lui de quelques années puisqu'elle travaille encore. Avant de prendre sa retraite, il était éditeur au sein de sa propre maison d'édition, les Éditions de Montenotte à Paris. Si sa carrière est désormais terminée, il n'en est pas moins resté un homme de lettres, aussi n'a-t-il pas perdu l'habitude de lire et a-t-il même commencé à écrire. Pour autant, il ne se restreint pas à ces activités solitaires. Il sort régulièrement avec ses amis, faute de pouvoir voir son fils, qui s'est établi avec sa femme et ses filles en Nouvelle-Zélande et qu'il appelle régulièrement sur WhatsApp. Refusant catégoriquement d'incarner le stéréotype du vieillard bougon cloisonné par son passé, le vieil homme, en effet, entend bien rester à la page et tient à entretenir une certaine modernité dans son quotidien. Le grand âge, toutefois, n'est pas resté sans effet sur son caractère. Lui qui a toujours été superstitieux prête bien malgré lui d'autant plus attention aux chiffres porte-bonheurs et porte-malheurs à présent qu'il arrive aux portes de la mort. Il déplore en outre d'être devenu plus indécis et moins curieux du monde qui l'entoure, mais se réjouit de voir que le temps l'a rendu moins impatient.

La relation qu'il entretient avec ses amis est particulièrement précieuse à ses yeux, parce qu'elle lui permet de continuer, en dépit des affres de la vieillesse, à profiter de la vie comme il se doit. Aussi a-t-il à cœur de maintenir leur petit groupe uni, pour éviter de sombrer dans la mélancolie et la mauvaise humeur qui découle souvent de la solitude. Parmi eux, Octo est celui dont il est le plus proche, auquel il se confie lorsque son moral est en berne. Il apprécie également le dynamisme de Nana et Coco Bel-Œil, tout comme la force tranquille des Blazic, tandis que le sale caractère des Guermillon l'agace de plus en plus.

BLAISE CARARE

Blaise Carare est le meilleur ami de Guillaume Jurus, qui le surnomme Octo. Ancien notaire, il est particulièrement fier de son travail, au point qu'il a davantage à cœur qu'on dise de lui après sa mort qu'il était un bon notaire plutôt qu'un bon ami, un bon père ou un bon mari. Né la même année que Guillaume, il a dorénavant 82 ans et des problèmes de prostate qui l'obligent à faire de fréquents arrêts aux toilettes pendant la nuit. D'ailleurs, il parle souvent de ces soucis à Guillaume qui est son plus proche confident, si bien que l'ancien éditeur, lassé de ces bilans de santé interminables et répétitifs, a fini par établir un temps de parole, accordant à chacun d'entre eux trois minutes pour exposer ses maux.

SUZANNE BLOT

Suzanne Blot, surnommée Nona, est la doyenne du groupe des JOP, puisqu'elle a atteint 95 ans. Par l'esprit, elle reste toutefois plus jeune et plus vive que nombre de retraités plus jeunes qu'elle. Débordante d'énergie, elle a su conserver sa curiosité pour la vie et maintenir son agenda bien rempli. Ainsi, elle ne refuse jamais de déjeuner ou d'aller voir un film ou une exposition avec ses amis. Lors de ces sorties, elle apparait toujours très soignée, sa coiffure et son maquillage impeccable témoignant de sa grande coquetterie. Régulièrement, elle dine également avec ses petits-fils, qui sont toujours ravis de la retrouver. Elle vit seule depuis la mort de son mari, mais n'a jamais souhaité partager son quotidien avec quelqu'un d'autre. Il a donc été le seul homme de sa vie, puisqu'elle l'a rencontré à 18 ans, le jour de l'épreuve du bac de philosophie. Très pieuse, la perspective de le retrouver une fois morte l'empêche de craindre sa fin.

GUSTAVE JORDAN

Gustave Jordan est le plus fantaisiste et le plus jeune membre du groupe des JOP, puisqu'il a environ 70 ans. Ses amis qui l'appelaient au départ Septu ont rapide-ment adopté le surnom de Coco Bel-Œil, en référence à son caractère de grand séducteur. Ancien agent im-mobilier, l'homme a en effet conservé son bagout et un certain charme, si bien qu'il plait toujours à beaucoup de femmes, parfois bien plus jeunes que lui. S'il est fréquemment en galante compagnie, les histoires qu'il partage avec ses amis sont pourtant toujours celles qui tournent court. Ainsi, il ne raconte que ses déconvenues et évite de se vanter de ses exploits amoureux. Après de nombreuses conquêtes infructueuses, il finit néanmoins par rencontrer Raphaëlle sur un site de rencontres et tombe amoureux. Il s'apprête à l'épouser lorsqu'il a un infarctus en pleine rue et meurt dans les bras de sa bienaimée.

LES BLAZIC

Jean-Paul et Mathilde Blazic forment un couple que Guillaume Jurus qualifie de « feutré », c'est-à-dire qu'ils sont l'un et l'autre caractérisés par leur calme et leur grande discrétion.

Lui était traducteur de l'anglais au français au service de divers éditeurs, et continue d'exercer à son rythme à présent qu'il est à la retraite. Grand et mince, il ressemble, à en croire Guillaume Jurus, de plus en plus à un gentleman anglais à mesure qu'il vieillit.

Sa femme, quant à elle, était fonctionnaire à la mairie. À la fin de sa carrière, elle était en charge du département des personnes âgées, un poste qui a exacerbé sa compassion et son dévouement à l'égard des autres. Sa délicatesse s'accorde ainsi à merveille avec la douceur de son mari.

LES GUERMILLON

À l'inverse des Blazic, les Guermillon ont une relation explosive. Toujours en train de se disputer, ils ne manquent pas d'embarrasser leurs amis lorsqu'ils se prennent le bec en public. Ces chamailleries, pourtant, constituent le ciment de leur couple, car elles les empêchent de sombrer dans une routine certes confortable, mais ennuyeuse.

Gérard était en son temps un menuisier spécialisé dans la fabrication de bibliothèques. Il a d'ailleurs réalisé celle de Guillaume, ainsi que celles de plusieurs célébrités parisiennes. Il éprouve à l'égard de ses créations une grande fierté, et ne manque jamais une occasion de rendre visite à l'un de ses anciens clients pour s'assurer que la bibliothèque qu'il a construite pour lui se porte bien.

Marie-Thérèse, pour sa part, était infirmière. Si son tempérament explosif met mal à l'aise les !OP, ils apprécient en revanche qu'elle se montre si attentive à leur santé et soit toujours disponible pour leur prodiguer toutes sortes de soins médicaux.

CLÉS DE LECTURE

L'AUTOFICTION

Guillaume Jurus incarne dans *... mais la vie continue* le double de Bernard Pivot, à travers lequel ce dernier partage le fruit de ses réflexions sur le grand âge. L'auteur et son personnage, effectivement, sont tous deux des octogénaires ayant fait carrière dans le monde des lettres et profitant de leur retraite au sein de la haute société parisienne. À ce titre, cet ouvrage relève donc du genre autobiographique, défini comme le récit qu'une personne fait de sa propre vie à la première personne et dont le personnage principal, l'auteur et le narrateur sont une seule et même personne.

Bien que Guillaume Jurus présente de nombreux points communs avec Bernard Pivot, il reste pourtant un personnage de fiction, dont l'auteur a souhaité se distinguer en lui attribuant un nom et un passé différent du sien. De fait, l'ancien présentateur d'*Apostrophes* a derrière lui toute une carrière de journaliste et de chroniqueur, tandis que son alter ego est un ancien éditeur. Sa vie privée n'est de surcroit pas celle de Guillaume, père d'un fils expatrié en Nouvelle-Zélande et veuf filant le parfait amour avec une femme plus jeune que lui, alors que Bernard Pivot est marié à Monique Dupuis, qu'il a rencontrée à l'école de journalisme, et avec laquelle il a eu deux filles.

Dans *... mais la vie continue*, l'ancien présentateur n'est cependant jamais bien loin, n'hésitant pas à glisser dans la bouche du narrateur quelques allusions à son propre parcours. Guillaume Jurus dit ainsi regarder à la télévision quelques magazines culturels, dont *La Grande Librairie* (p. 70) qui est l'héritière directe de l'émission *Apostrophes*. Aussi, il cite à plusieurs reprises l'Académie Goncourt, dont Bernard Pivot a durant des années été le directeur, Guillaume Jurus regrettant par exemple qu'aucun livre de sa maison d'édition n'ait jamais remporté ce prix prestigieux (p. 101). En outre, les JOP se rendent à l'occasion de l'un de leurs diners chez Drouant, le salon où les jurés du Goncourt délibèrent chaque année (p. 159).

Ce livre n'est par conséquent pas une autobiographie au sens strict du terme, parce qu'il oscille entre le témoignage véridique et l'invention. Il s'agit plutôt d'une autofiction, terme créé par Serge Doubrovsky en 1977 pour qualifier son propre roman, *Fils*. D'apparence contradictoire, ce néologisme désigne l'ensemble des romans portant sur des expériences vécues par leurs auteurs, mais comportant également une part d'imagination.

Si Doubrovsky est celui qui a donné un nom à ce genre, il n'en est toutefois pas l'inventeur. De nombreuses œuvres répondant à cette définition ont vu le jour auparavant, comme *La Recherche* de Marcel Proust que beaucoup considèrent comme l'ouvrage fondateur de ce genre littéraire.

Bien d'autres auteurs se sont par la suite illustrés en écrivant des autofictions. Louis-Ferdinand Céline, Colette et, plus récemment, Amélie Nothomb ont notamment contribué à populariser le genre, de sorte qu'il a connu un véritable essor à la fin du XXe et au début du XXIe siècle.

Un succès qui peut aisément s'expliquer, sachant que mélanger la réalité et la fiction permet de s'affranchir de ce qu'on appelle le pacte autobiographique, exigeant de l'auteur qu'il reste fidèle aux faits. Or, la mémoire n'est pas toujours en mesure de restituer avec exactitude la vérité, si bien que ce pacte peut apparaitre comme contraignant. Revendiquer son ouvrage comme une autofiction plutôt que comme une autobiographie, dès lors, confère à l'auteur une plus grande liberté dans l'expression de soi.

Pour Bernard Pivot, la création d'un double constituerait par conséquent un moyen d'explorer plus en profondeur sa nouvelle identité d'octogénaire sans s'encombrer des limites que lui impose la réalité. Guillaume Jurus exprime d'ailleurs un sentiment comparable lorsque, fatigué de consulter ses archives pour retrouver des souvenirs qui lui échappent, il décide d'abandonner la rédaction de ses mémoires, qui représente un travail trop fastidieux, pour se consacrer au récit de sa vieillesse, dont il met en lumière le caractère spontané et libre, bien loin des contraintes que lui impose le pacte autobiographique :

> *Toutes ces heures passées à consulter mes archives, à lire des lettres, à examiner des photographies, à remuer des souvenirs souvent rafistolés par commo-dité, toutes ces journées consacrées à l'exploration et à la reconstitution d'une longue histoire, c'est autant de temps volé à mon plaisir de vivre encore et d'avoir une belle lurette devant moi. (p. 177)*

Bernard Pivot a par ailleurs affirmé lors d'une interview que son choix d'écrire un roman plutôt qu'un essai sur le thème de la vieillesse tenait à une certaine pudeur. L'autofiction lui permet d'aborder sans tabous les thèmes de la santé et de la sexualité en se cachant derrière ses personnages.

UNE MISE EN ABYME

Comme dit plus haut, Guillaume Jurus occupe ses vieux jours notamment en écrivant deux livres, ses mémoires d'éditeur ainsi qu'un témoignage sur la vieillesse – celui-là même que le lecteur tient entre ses mains.

Ce procédé consistant à représenter une œuvre dans une œuvre constitue une mise en abyme et est au départ employé en peinture. C'est pourtant André Gide, un écrivain, qui le premier utilise l'expression « mettre en abyme » dans son *Journal* en 1883, avant d'écrire en 1925 *Les Faux monnayeurs*, dont le personnage principal écrit un roman appelé *Les Faux monnayeurs*. De nombreux auteurs illustres ont toutefois eu recours à la mise en abyme avant qu'elle soit appelée de la sorte, notamment Cervantès dans *Don Quichotte* (1605-1615), et Molière dans *Le Malade imaginaire* (1673).

Encore aujourd'hui, elle est l'une des techniques narratives les plus utilisées, car elle permet non seulement à l'auteur d'adresser un clin d'œil à ses lecteurs, mais aussi d'introduire une réflexion sur la création de son œuvre.

Ce dernier aspect est particulièrement présent dans *... mais la vie continue*, où Bernard Pivot se confie sur son processus d'écriture. Lui qui au départ avait prévu de consacrer ses matinées à ses mémoires et ses après-midis au récit de sa vieillesse a bien vite compris quel était le caractère imprévisible de l'inspiration. Aussi se plie-t-il à ses caprices, pour éviter que ses idées ne s'échappent, et écrit-il lorsqu'elle le lui ordonne (p. 68)...

Dans ce même passage, l'auteur aborde de surcroit les bienfaits de l'écriture à l'âge qui est le sien, celle-ci lui permettant de se maintenir occupé et de ne pas sombrer dans l'ennui (p. 68).

Il donne cependant davantage d'explications sur sa démarche créative dans la conclusion de son livre, lorsqu'il explique éprouver plus de plaisir à écrire sur le présent que sur le passé et vouloir à travers l'écriture « ajouter une dimension narrative » à son existence et à celle de ses amis (p. 178).

Enfin, il s'interroge au moment de poser le point final à son manuscrit, songeant que son sujet sera d'autant mieux traité qu'il vieillira et accumulera de l'expérience, l'idéal étant qu'il attende de rendre son dernier souffle pour achever son livre. De peur de « disparaitre au milieu du texte », il décide néanmoins de publier cet ouvrage sans attendre (p. 178).

UNE LUTTE CONTRE L'INVISIBILITÉ DE LA VIEILLESSE

À l'heure où les injonctions sociales concernant l'apparence physique sont de plus en plus nombreuses, les plus âgés sont très peu représentés dans les médias. Ce sont à l'inverse les plus jeunes qui sont sous les feux des projecteurs et dont la voix porte le plus.

Ce phénomène apparu au XXIe siècle est appelé jeunisme, néologisme désignant une tendance à donner davantage d'importance aux jeunes. Il a entrainé un culte de la jeunesse, et dans son sillage un essor de la chirurgie esthétique et des produits cosmétiques antiâges. La mort et la vieillesse, depuis, sont occultées, et « être jeune » est considéré comme une fin en soi.

À contrecourant de ce mode de pensée, ... *mais la vie continue* de Bernard Pivot s'inscrit par conséquent dans un mouvement visant à donner davantage de visibilité à la vieillesse, ainsi qu'une image plus positive de celle-ci. D'autres personnalités s'attachent en effet à casser le cliché du vieil infirme acariâtre coincé dans le passé. C'est le cas de Hugues Aufray, chanteur folk toujours en activité à 92 ans, qui livrait en 2007 ses secrets de jouvence dans un ouvrage intitulé *La jeunesse n'a pas d'âge*, et de Line Renaud, actrice âgée de 93 ans. Interrogé à leur propos par les journalistes du *Parisien*, Bernard Pivot a d'ailleurs déclaré : « Plus il y a des vieux dynamiques, créatifs, qui n'ont pas peur de s'afficher dans l'actualité, meilleur c'est pour la réputation des aînés » (Plouviez,

« Bernard Pivot : "La vieillesse nous fournit du temps pour rêver" » [en ligne]).

Pour cette raison, l'ancien présentateur d'*Apostrophes* tend dans ce texte à mettre en évidence une bande de vieillards enjoués, plutôt que d'adopter un ton plaintif et nostalgique. Il souhaite au contraire ancrer son récit dans le présent et montrer, comme l'indique le titre de son livre, que la vie continue au-delà de 65 ans.

À la question « était-ce mieux avant ? », il répond donc par la négative, mais regrette tout de même le manque de considération actuel pour les plus âgés. « Le jeunisme, mot qui n'existait pas, n'était pas encore une valeur souveraine, créant un apartheid de l'âge » (p. 16), écrit-il dans le chapitre consacré à ce sujet.

<u>Le saviez-vous ?</u>

Bien avant l'apparition du terme « jeunisme », les Grecs et les Romains considéraient déjà la vieillesse de manière très pessimiste, insistant régulièrement sur le caractère éphémère de la jeunesse.

À l'âge de 62 ans, Cicéron rédige pourtant son *De senectute*, ou *Sur la vieillesse* (45 av. J.-C.), un dialogue fictif mettant en scène Caton l'Ancien interrogé par Scipion Emilien et Lalius au sujet de son grand âge. De manière plutôt surprenante pour l'époque, ce traité aborde la vieillesse de manière optimiste en défendant l'idée que chaque âge est beau. Les années passant, l'homme apprend en effet à dominer ses passions et devient plus sage, si bien qu'il est plus à même de discuter de politique. Vieillir, ce n'est donc pas renoncer aux plaisirs de la vie, mais se consacrer à d'autres plaisirs, notamment celui de la conversation. Quant à la peur de la mort qui se rapproche à mesure que les années passent, Cicéron considère qu'elle n'a pas lieu d'être, sachant qu'un homme est dès sa naissance en âge de mourir et que la mort est, suivant la conception platonicienne, la délivrance de l'âme vis-à-vis de la prison du corps.

C'est donc un point de vue partiellement similaire à celui de Bernard Pivot qu'exprime Cicéron dans ce traité, cité à plusieurs reprises dans ... *mais la vie continue* !

UNE DOUBLE ALLÉGORIE DE LA MORT

Lui qui a toujours été de nature très optimiste, Guillaume Jurus est pourtant de plus en plus sujet à des crises d'angoisse à mesure que les années passent. C'est que depuis son entrée dans le quatrième âge, la mort est devenue plus tangible et imminente qu'elle ne l'avait jamais été pour lui auparavant, si bien que lorsqu'il se la représente à présent, il l'imagine terrifiante, sous les traits d'une femme « blanche, spectrale et édentée » (p. 112) se tenant face à un rouet et s'apprêtant à trancher le fil de son destin avec une paire de ciseaux.

Cette image renvoie aux Parques, trois divinités infernales de la mythologie grecque représentées comme des fileuses, chacun des fils qui passent entre leurs mains représentant une vie humaine. De la naissance à la mort, elles apparaissent ainsi comme les maitresses absolues de la destinée humaine et symbolisent, de ce fait, l'inexorable fatalité de l'existence.

Cette figure de style employée par les Grecs pour représenter de manière concrète une entité abstraite est appelée allégorie. Fréquemment employée dans l'Antiquité pour donner davantage de cohérence au monde vivant, elle a par la suite été abondamment employée en peinture ainsi qu'en littérature pour décrire ce que les mots seuls ne parvenaient pas à exprimer. Elle est souvent liée à la personnification, autre figure de style consistant à prêter un visage, un comportement humain ou encore une manière de penser humaine à une chose, un animal ou – dans le cas d'une allégorie – un concept.

Si la représentation de la mort sous la forme d'une fileuse impitoyable apparait tout à fait classique, Bernard Pivot use également du procédé de personnification pour introduire une seconde allégorie, plus originale et personnelle cette fois. Dans l'imaginaire de Guillaume Jurus, il arrive ainsi que la mort change de visage et que la filandière squelettique se métamorphose en « une sorte de sumo féminin, gigantesque, nue, avec des seins énormes qu'elle agite » (p. 112), dont le narrateur pressent qu'ils « auront pour tâche de l'étouffer » (p. 112) quand son heure sera venue.

La mort, idée abstraite par excellence parce que plus qu'aucune autre, elle demeure entourée de mystère, est par conséquent représentée dans ... *mais la vie continue* par deux femmes qui sont décrites comme à l'opposé l'une de l'autre. Une manière pour le narrateur de renforcer son propos en introduisant une antithèse, figure de style reposant sur l'opposition de termes ou d'idées. Sa prédilection pour les figures féminines est quant à elle tout à fait traditionnelle, puisqu'historiquement, les allégories étaient au départ employées pour représenter des vertus. Or, leur donner des traits de femmes avait pour effet de les rendre plus désirables...

PISTES DE RÉFLEXION

QUELQUES QUESTIONS
POUR APPROFONDIR SA RÉFLEXION...

- Bernard Pivot représente son double Guillaume Jurus comme veuf et amoureux d'une femme plus jeune que lui. Pourquoi, d'après vous, fait-il ce choix ? Quel intérêt cela peut-il représenter, vu le sujet abordé dans *... mais la vie continue* ?

- Quelle attitude adoptent Nona et Guillaume Jurus vis-à-vis de la vieillesse ? En quoi se rejoignent-ils et en quoi se distinguent-ils ?

- Quels stéréotypes liés au grand âge incarnent les Blazic et les Guermillon ? Dans quel but le narrateur les oppose-t-il ?

- Quelle place occupe l'humour dans ce roman ? Quelle est sa fonction ?

- Pourquoi est-ce Coco, qui est pourtant le plus jeune de la joyeuse bande des JOP, qui meurt à la fin de ce livre ? Quel message cherche ainsi à faire passer l'auteur ?

- En quoi la vision de la vie et de la mort de Guillaume Jurus peut-elle être rapprochée de la philosophie épicurienne ?

- Quel effet aura d'après vous le vieillissement de la population sur le jeunisme ?

- Comparez le point de vue de Guillaume Jurus sur la vieillesse à celui de Cicéror dans son traité *Sur la vieillesse*.

POUR ALLER PLUS LOIN

ÉDITION DE RÉFÉRENCE

- Pivot B., … *mais la vie continue*, Paris, Albin Michel, 2021. [ebook]

ÉTUDES DE RÉFÉRENCE

- Plouviez G., « Bernard Pivot : "La vieillesse nous fournit du temps pour rêver" » in www.leparisien.fr, consulté le 21/01/2022. URL : https://www.leparisien.fr/culture-loisirs/bernard-pivot-la-vieillesse-nous-fournit-du-temps-pour-rever-09-01-2021-8418091.php

- Resweber J.-P., « Le rêve cicéronien d'une heureuse vieillesse » in *Le Portique* [en ligne], Vol. 21, 2008, consulté le 29/12/2021. URL : https://journals-openedition-org.ezproxy.ulb.ac.be/leportique/1863

- Saveau P., « L'autofiction à la Doubrovsky : mise au point » in *Autofiction(s)*, 2010 : pp. 307-318.

- Sauveur Y., « Quelle représentation de la vieillesse aujourd'hui ? Le jeunisme dans la société comme élément explicatif » in *Histoire des sciences médicales*, Vol. 47, 2013 : pp. 575-582.

Votre avis nous intéresse !
Laissez un commentaire sur le site de votre librairie en ligne
et partagez vos coups de cœur sur les réseaux sociaux !

lePetitLittéraire.fr

- un résumé complet de l'intrigue ;
- une étude des personnages principaux ;
- une analyse des thématiques principales ;
- une dizaine de pistes de réflexion.

**Retrouvez
notre offre complète sur
lePetitLittéraire.fr**

L'éditeur veille à la fiabilité des informations publiées, lesquelles ne pourraient toutefois engager sa responsabilité.

© LePetitLittéraire.fr, 2021. Tous droits réservés

www.lepetitlitteraire.fr

ISBN version numérique : 9782808027151
ISBN version papier : 9782808027168
Dépôt légal : D/2021/12603/198

Conception numérique : Primento,
le partenaire numérique des éditeurs.